KB056021

붉은 열매의 너무 쪽

파란시선 0010 붉은 열매의 너무 쪽

1판 1쇄 펴낸날 2017년 1월 1일
지은이 권주열
펴낸이 채상우
디자인 최선영
펴낸곳 (주)함께하는출판그룹파란
등록번호 제2015-000068호
등록일자 2015년 9월 15일
주소 (07552) 서울특별시 강서구 공항대로 59길 80-12, 3층(등촌동)
전화 02-3665-8689
팩스 02-3665-8690
인터넷팩스 070-8867-8690
이메일 bookparan2015@hanmail.net

ⓒ권주열, 2017, printed in Seoul, Korea

ISBN 979-11-87756-01-9 04810
    979-11-956331-0-4 04810 (세트)

값 10,000원

*이 시집은 2015년 한국문화예술위원회에서 지원한 아르코문학창작기금 수상 작가의
작품집입니다.

붉은 열매의 너무 쪽

권주열 시집

이곳이 아닌 그곳에 닿고 싶었다
이곳에서 가까스로 그곳으로 넘어갔다
이제 전부 이곳이 되었다

차례

시인의 말

제1부

제2부

제3부

제4부

제1부

가자미

가자미는 계단이 없고 밋밋한 경사로 이어진 장소다 제가 바로 그 장소인지 모를 때까지 한 장소에 오래 납작 엎드린 채 어디엔가 숨겨진 넓이가 더 있을 것 같은 불안, 불안은 방금 헤엄쳐 온 물결과 희뿌옇게 덮어쓴 기억이 접촉된 모든 면적이다 흙먼지조차 눈에 띌까 가만가만, 두 개의 눈알을 한 평면 위에 슬며시 붙여 놓고 마침내 장소는 체포된다

도마 위에 올려진 가자미의 곡면을 천천히 따라가다 보면 어시장 뒷골목과 그 너머 백사장을 한참 더 따라나서야 도달할 수 있거나 어쩌면 끝내 도달할 수 없으리라는 생각

번득이는 칼날이 가자미를 가지런히 해체한다

어떤 장소는 장소 뒤에 남은 공허의 둘레를 포함하고 있다

어항

　세입자들은 두문불출이다 밀린 방세와 고지서에 대해 어떤 말도 하지 않는다 방은 단출하고 허술해 보인다 바닥과 벽이 얇게 둘러쳐져 있고 설계도 어디에도 계단은 없다 딩동, 초인종을 눌렀지만 대답 대신 리듬처럼 흔들리는 지느러미, 지느러미는 말이 분절되기 전에 떠다니는 은밀한 바깥 나도 때때로 손만 흔들 때가 있다 아무 할 말이 없을 때 불쑥 꺼낸 것들 외부는 내부의 결연한 고독이다 가끔씩 땡그란 눈알들이 나의 안쪽을 빤히 쳐다본다

눈 속의 바다

눈은 어디나 닿는다, 닿고부터 본다
도착하기도 전에 닿아 있다
수평선까지 눈동자가 납작하게 달라붙는다, 달라붙어
사물의 형체를 압수한다 파도를, 배를, 구름을
어떤 입회자도 없이
압수가 시작된다

바다는 닿기도 전에 닿아 있다
제가 미처 닿은 줄도 모르고 닿아 있다
넘치는 전리품들,
거울처럼 내부를 들추거나
군함 같은 침묵도 없이, 단지

커다랗게 떠 있다

눈에 속박되지 않는 것은 불안하다
손은 더듬지만 늘 출생 이전이다

눈을 감으면 눈 뒤로 그물을 던지고
그물을 말아 올리는 무엇인가가 침몰되고 있다

이것은 바다가 아니다

배를 타고
말이 필요 없는 지방에 도착한 적이 있다

성긴 그물망 안에
수북하게 걸려든 입
입이 단체로 보관되고 있다

전혀 소용없는 입들 앞에
떠 있는 질문은 침수되고
방향을 어디로 틀든
물고기의 입은 최전방이다

말은
언제나 앞쪽에서 유래된다
입이 입안에서 녹고 있다

입을 뻐끔거리며 가끔씩 거울 속으로 유영하고 싶을 때
입에서 질문이 반사될 때
입은 질문 같은 낚싯바늘을 문다

산 입이 죽은 입을 흥정하고 있다

희박한 평면

사람들이 발을 해변에 두고
수평선에 눈알을 갖다 붙인다

선은 대체로 간결하고
일요일 아침처럼 정지된 채 무수히
은닉된 점들, 점은 방향이
없어 얼굴이 없어

오늘은 또 한 점의 집결된 얼굴, 얼굴을 감추며
증식하는 선들

선은 불안하게 누운 점들을 잡아당기고

.점 .점 .점
배들이 한없이 작아지고 있다
불안은 길이가
없어 윤곽이 없어

박공같이 비스듬히 펼쳐지는 그 너머를
아무도 섣불리 긋지 않는다 다만

집요하게 달라붙는 눈알

누가 직선을 고집할 수 있을까

포락선

(a)

화가 난 군중이 건너편 차를 향해 계란을 던졌다 병아리를 던지는 사람은 여태껏 본 적이 없다 적어도 날개 없는 것을 던지려 했다 혼자 날기에 불가능한 것을 던지려 했다 그래도 최소 단위의 닭을 던진다 닭이 순전히 손목의 힘으로 날아오른다 휘어지는 직구다

이런 속도는 처음이다
발이 보이지 않는다, 발이 제로다
발을 삶는다

계란 던진 사람 중에 삼계탕 먹고 온 사람 손드세요
프라이드치킨도 손드세요

던지는 순간 폭파되지 않고 시는 퍼석 깨지고 만다 도시 하나쯤 완전히 날려 버릴 기세로 밤새 던졌지만 파지만 수북하다 늘 그렇듯 유리창 밖으로 밤은 유유히 떠나 버렸다 화가 난 건 군중이 아니다 계란이다 아직도 알을 낳는다고 믿기 때문이다 순진한 것은 늘 노랗다 햇병아리

다 또 피막 속이다

(b)

안에서 문을 걸어 잠그고 욕조에 부드럽게 누워 있는
生은 노골적이다
날개를 달고도 여전히 뒤뚱대는 골 빈 生들
알은 바깥을 포함해서 알이다
닭발까지 포함해서 알이다

먼저 나온 발들이 어디를 돌아 지금 이곳에 합류했는
지 포장마차에 닭발과 삶은 계란이 나란히 놓여 있다 어
떤 발은 여전히 알을 향해 달려가고 어떤 발은 지금도 알
을 피해 달아나고 있다

병아리가 자라면 알이 된다는 생각은 계란을 던지고
난 후의 생각이 아니라 생각을 던지고 난 후의 생각이다

우산

발명 때문에 외출을 한다. 비는 오래전에 우산이 발명했다. 우산의 높이에 비의 길이가 접속된다. 우산을 소지한 사람들이 모두 발명가는 아니다. 비는 우산의 가능성

머리 위에 발명품을 얹는다. 구름 냄새가 난다. 구름을 씌운 상상에서 구름만 지운다. 상상 속으로 뛰쳐나오는 비, 비가 목례한다. 요즘도 우산을 쓰십니까. 나는 여태껏 잘못 살았어요. 구름은 발명을 싫어해요. 여전히 옛날 방식만 고집해요. 여름 장화처럼 비가 올 때까지 그저 죽치고 있어요.

사람들은 커다랗게 펼쳐진 날개 꽁지를 잡고 따라나선다. 허공 한쪽에 공장 입구가 보이기 시작한다. 조립보다 해체가 더 쉬운 비, 우산 아래로 볼트 너트처럼 풀린 비가 굴러다닌다. 발명이 물로 해체되는 순간이다.

바깥

만삭의 배를 한 임신부가 해변을 걷는 것을 본다

바다는 외부가 없는 내부로 가득하고
해변은 기다란 대기실 입구 같다

푹푹 발이 빠지는 모래 위에서 몇몇은 손을 흔들며
바깥을 형성하고 또 누군가는
햇살이 내리쬐는 바다를 향해
푸르스름하다 대신 어둡다라고 소리친다

어둠은 내부의 경향이다

이전의 어둠에서 이후의 어둠까지
출구가 없는 방처럼
방이 없는 출구

태어나기 위해 부족한 것은 온통 탄생뿐이다

이명(耳鳴)

어느 쪽 골목인가. 날마다 희미하게 들려오는 앰뷸런스 소리.

처음에는 말의 일부가 누설되고 있나 싶어 배관공을 불렀다. 긴 장화가 달린 작업복을 걸친 배관공은 도면을 환히 꿰뚫듯 커튼처럼 가려진 고막을 슬쩍 밀고 비좁은 내부로 고개를 집어넣었다. 작은 손전등을 비추자 어두컴컴한 청소골(聽小骨)의 부속품 몇 개가 뽀얗게 먼지를 뒤집어쓰고 있다. 가까스로 한 발 더 안쪽으로 옮겨 엑셀 수도 파이프같이 매설된 달팽이관의 이음새를 조심스레 조였다 풀기를 반복했다. 모두 허사였다.

그가 안전모를 벗어던지자
다시
덩그러니 골목 같은 귀
귀는 말 이전의 사건이다.

누가 담장에 귀를 댄다.

연장(延長)

창문도 현관문도 잠겼는데 먼지들은
어떻게 왔는지
밥상 위에 뽀얗게 내려앉았네요

가만가만 식사 중입니다

가만 놓인 컵, 가만있는 쟁반, 그 위에 가만 엎드린 수저
모두
가만을 먹고 있네요

가만은 달콤합니까
가만은 정말 질길까요

불빛은 가만과 가만 사이로 흘러내리고
벽은 가만히 쳐다봅니다

가만은 그대로의 삶입니다

구름의 옛날 방식

언어에 물기가 번질 때가 있다
슬몃
언어의 행간에 우산을 받쳐 놓는다
도착 지점이 익숙하지 못한 비는

길이가 달라 방향이 틀려 누가 누군지 의문으로 가득
하고, 웅덩이나 축축한 빈터에 미결로 남아 아직도 의아
하고 무언가 잠시 망설여야 될 것 같아 우산으로 가리면,
우산은 자신의 치수에 맞는 하늘을 만들어 준다

산에 들에 비를 캐러 다녔네 넘어지는 비 절룩이는 비,
비의 뿌리는 투명하고 빗줄기는 가늘다 비는 가끔 있고 비
는 넘쳤고 비가 오지 않는 체육 시간, 모두 빠져나간 교실
에 우두커니 남은 아이, 교실은 가끔씩 도난 사고가 접수
되고 어리둥절 교무실 앞 복도에 오래 두 팔을 쳐들고 서
있던 아이, 너무 많은 비, 우산이 없었네

머리 위로 발설하지 않는 비
늘어뜨리지 않고 긴
구름의 옛날 방식, 비는

외롭고 결혼 같고 구운 구름 냄새가 나

병원에 누워 링거를 맞는다 유리관에 방울방울 떨어지는 빗방울들 온몸이 열대지방을 지난다 병실 유리창에 구름이 비친다

하나둘씩 사람들이 허공에 내리고 있다

● 로제 폴 드루아.

파도 옵스큐라

말은 어디에서 죽나
말에 젖은 말

무덤과 무덤을 넘어
귓바퀴가 둥근 해안선을 향해 흠뻑
젖어 드는 말

말을 던진다 말을 낚는다
미늘에 퍼덕이며 수북
걸려드는 귀
멍게 같은, 소라 같은, 우럭 같은, 또
누가 내 말을 물고 있나

죽기 전에 아버지는 입안에 할 말 그득 다물고
우리는 쫑긋쫑긋
무덤 같은 귀를 세웠지만

말과 말 사이가 긴
수평선

조용히 그물을 내린다

모든 귀처럼

목련 ≤ 목련

이 나뭇가지에
발바닥이 하나 둘 셋
저 나뭇가지에 발바닥이 셋 넷 다섯

저만치 목련 공장 출입문은 닫혀 있고요
허공은 아직 신발을 신지 않은 쪽입니다

삐죽 나온 발가락이든
한번 디뎠던 기억의 높이는 모두

나무 밖으로 나온
계단입니다

몸은 몇 층입니까

익사한 것들의 합창

뱃고동 소리는 군청, 군청을 매단 꼬리, 꼬리는 길게 내리는 비, 비에 젖은 군것질, 목소리의 비, 영혼 두세 마리, 발에 도착하지 못하는 날개, 날개 단 섬, 섬 한 스푼에 달디단 구름, 구름의 발가락, 1그램의 소리, 1그램의 파랑, 파랑을 지우면 다시 군것질, 혀 위로 녹는 수평선, 그 위로 눈부시게 흰 발목, 멍멍 달려오는 파도

즐거운 요리

　텔레비전에서 제비집 요리를 본 적이 있다. 퇴근길에 문득 그 요리가 생각난다. 제비는 참 황당했겠다. 하루의 노동을 끝내고 돌아와 보니 어? 통째로 집이 사라졌다? 거처할 집을 누가 먹어 버렸다? 뿔뿔이 흩어진 새끼들은? 수소문은? 나도 이런저런 집을 먹은 적이 있다. 집은 맛있었다. 집은 달았다. 꿀도 먹고 마침내 꿀벌집도 먹었다. 따지고 보면 내 큰형님도 노름으로 집 한 채 말아먹은 적 있다. 집을 말아먹고 한동안 노숙자로 전전했다고 한다. 지하철역, 신문지 둘둘 감고 누운 걸인, 곧 허물어질 건축, 헝클어진 머리카락 속에서 제비 몇 마리 풀풀 날아오른다.

제2부

손의 외출

말 대신 수화를 하는 사람을 본다
말이 몸 바깥에 있구나 하는 순간

컵을 쥔 손을 떨어뜨렸다

쟁그랑 하는 소리가 눈 속에서 난다

손이 몸 안으로 떨어진다
얼떨결에 손을 잡으려던 말을 놓친다

무슨 말이 더 남았을까
여전히 허공에 쟁반을 받쳐 두고

구름 밖으로 기다랗게 빠져나가는 비처럼
말 밖으로 손이 빠져나가는 중이다

손가락 마디가 사라지는 쪽으로
침묵이 컵을 들어 올린다

수평선 0.001

문다 가까이 가면 문다 한입 덥석 문다 물어 그 너머를
삼킨다

해변을 종일 어슬렁거리는 개를 보았다, 아니
정확히 말해 개는 보이지 않고 기다랗게 풀린 끈

개는 어디에 있나
있기는 한가 그렇게
물면, 물어물어 그 너머를 다 물어볼 생각인가

개는 손을 감추면 문다

바다가 축 늘어진 이쪽은
아무도 짖지 않는다, 그것은 일종의
법칙

얼른 손을 빼고 발을 빼고
생각도 빼고
정성껏 꼬리를 감추고

그물 속은 언제나 텅 비어 있다

배를 타고 그 너머를 가면

슬쩍 드러누운 채 배를 보여 주는 개가 있다

소독

아파트 실내 소독을 한다 베란다와 부엌 안방 화장실까지 바퀴벌레나 모기 파리뿐 아니라 소파 밑 구석구석 세균이 번식할 만한 장소에 약을 뿌린다 죽은 몸들이 짤막하게 바닥에 떨어진다 소독은 쾌적하게 죽음을 완성시킨다

증조의 무덤을 이장할 때 곽은 으스러지고 유골 몇 조각뿐 아무것도 보이지 않았다 그동안 은밀한 무리들이 무덤 내부에서 아파트 거실까지 비밀 통로라도 되는 듯 수천수만 입자의 증조를 들고 왔을 게다 방금 꽃의 줄기였던 입자들이 벌 떼의 입자로 붕붕거리는 몸, 몸은 귀환하지 않는다

거실의 진한 소독 냄새가 서로 다른 죽음을 서로 다른 종(種)으로 비례시킨다

사바나 사바나

"어린 말이 표범에게 잡아먹히려는 순간포착입니다. 아, 그런데요, 어미 말이 순식간에 돌진해 새끼를 탈출시키고 자신은 처참하게 잡혀 죽네요."

누군가가 친절히 해설해 주는 오후 5시 동물의 왕국, 약육강식이라는 말이 고기처럼 혀에 닿는다. 말이 말을 뜯어먹는다.

언어가 없는 고장에서 태어난 말에게 희생이라는 말이 있을 리 없다. 그 말보다 수만 배 빨리 쫓아와 한 몸 솟구칠 뿐, 모자라는 말은 없다. 어떤 말도 대신할 수 없다.

말이 없어서 말이 사라지는 것이 아니다. 허겁지겁 저만치 달아나다 말고 죽은 어미 쪽으로 힐끗힐끗 쳐다보는 말, 발걸음이 잘 떨어지지 않는 말, 슬픔이라는 말이 없어서 슬픔보다 눈을 굵게 끔벅이는 말, 공포라는 말이 없어서 공포보다 먼저 달려가는 말,

사바나 평원의 말이 없는 세계는 온통 얼룩말이다.

소소한 수평선

저 담장은 구름 냄새가 난다

흐물흐물 비가 몰려오려나
골목은 더 낮은 골목 속으로 가라앉고
담장이 담장에 번지고 있다

그물을 던지는 이쪽에도
그물이 닿는 저쪽에도
좀처럼 걸려들지 않는
담장,

담장은 높이가 아니다
담장은 두께가 아니다

슬쩍 익힌 구름처럼
담장은 느낄 때마다 사라진다

아무도 담장을 넘을 수 없다

마그리트의 우산

우산은 비가 올 때마다 궁금한 것을 다 펼친다

질문에 질문을 부풀린 구름들

엄살 때문에 미리 비옷을 입을 순 없다

가늘고 긴 물음 아래
빈 컵을 놓고
다만
답이 가득 채워지길 기다리는

구름의 숙제
물의 숙제

아무도 틀린 허공을 지적하지 않는다
비는 형식에 젖기 때문이다

우산을 접으면 드디어 방학이다

물고기병

입속의 생선 가시가 뜨끔거려 병원 갔을 때 진료실 한쪽에 놓인 작은 어항, 말이 사라진 세계를 보고 있다. 무수한 입들만 떠다닌다. 입이 너무 작아 말을 물지 못하는 걸까. 말과 말 사이 고요하게 지느러미 흔든다.

아— 입을 벌려 보세요. 말이 낚싯바늘에 걸렸군요. 가시는 애당초 없네요. 가시는 살의 기호입니다. 물고기 꼬리처럼 의미 이전의 방향으로 급선회하세요.

병원 문을 나설 때도 여전히 목에 걸리는 이물감. 빠끔빠끔 괄호같이 떠 있는 입들. 꼬리는 기호가 아니라 극한이다. 더 크게 입을 벌릴수록 세계는 사라지고 없다.

수평선 $\frac{1}{2}$

6번 줄부터 의심치 않아, 그래, 비가 온다고? 잘 도착
했니 아직
수염에 대해 할 말이 없어

우리가 아는 접근법과 확연히 달라, 비는 매달릴수록
손해야

가위에 눌려 본 적 없는 사람이
고양이에게 은색 우유를 따르고 있어, 따를수록
7번째 레일부터 차츰 사라지는 거야, 일종의 낙하, 자
유낙하
구름의 이유들

비는 허공에 대해 결코 아물지 않아
길고 가늘게 물 구겨지듯 그렇게
달려가고 있어

우산이 없더라도
실눈을 뜨면 온몸이 플랫폼이야!

아내의 얼굴

내 아내가 그렇다. 누구보다 꽃을 잘 기억하고 여러 종류의 열매를 정확히 구분하지만 얼굴 식별은 젬병이다. 거의 못 알아본다. 밤낮 마주치는 옆집의 얼굴도 낯설어 하고 우리 가게 수년 단골도 거의 모른다. 요컨대 아내의 얼굴에서 상대방 얼굴로 가는 주 통로가 막힌 셈이다. 그게 안쓰러워 몇 차례 전문의를 방문했지만 아직은 별수 없단다. 그래도 당신, 우리 집에 한번 놀러 오시라.

귀에 꽃을 꽂고 당신이 온다면
손에 꽃을 들고 당신이 온다면

얼굴쯤은 사라져도 좋다
없는 얼굴 대신
목 위로 전부 만개한 꽃이라면

처음부터 당신을 알고 있다
당신보다 더 당신을 잘 알고 있다

친근해지려는 당신, 행여
꽃이 없다면 그래도 오라

44

모자를 푹 눌러쓰고 오라

당신은 모자 속의 과일이다

파리하지 않고 커피

마시던 커피 잔에 파리가 앉는다
더럽게 와 앞발을 싹싹 빈다

장사도 안 되는데 프랑스다

파리에 간다 파리채를 사러

파리에 앉은 파리지앵

파리와 사진이 잘 어울려
사진에 파리가 붙어 있다

파리를 향해 탁 치니
윽 하고 에펠탑이 넘어진다

파리가 없으면 붙을 데도 없어
걷고 또 걷고 가볍게
파리와 목숨이다

코발트 빛 탁자 위로

파리 넘치는 커피

파리채를 들 때마다 파리는 없다
천장이 순식간에 달라붙는

천국 같은 천장 아무도

모르게 파리의 감정이다

목매단 기호의 숲

남편이 시체에게 나무에게 긴 밧줄에게 선생이라고 말
하자 시체는 곧 손이 하나 툭 부러지며 안녕, 눈알 하나 툭
떨어뜨리며 안녕, 안녕 그래 모든 사건은 안녕, 구름과 남
편이 나란히 누우면 숲 속이 훤히 보이고 헐레벌떡 달려
오는 형사의 머리꼭지도 잘 보이고 바싹 마른 밧줄이 증
거처럼 남아 선생은 여전히 인사를 건네고 남편은 반갑게
목례를 하지 누가 남편이냐 형사가 물었을 때 난 아직 남
편이 아니라 했고 남편이 아님을 증명하기 위해 선생은
자신의 부고장을 꼭 쥔 채 놓지 않고 형사는 마치 제 일처
럼 제가 목매단 것처럼 모인 사람들 앞에서 남편을 설명
하지만 설명할수록 형사만 남아 누가 누군지 점점 구별하
기 힘들어 체중을 줄이자 나무들이 고사되고 있어 미결만
수북한 남편 무수히 쏟아지는 비에 사건이 지워질까 안
녕, 안녕 목을 축 늘어뜨린 인사는 여전히 내 귓속에 주름
져 굴러가던 열매들이 빗소리에 맞춰 걸어 남편은 개별적
탈출이야 증거는 발명돼 어제 죽은 빗물이 오늘의 나뭇가
지를 적시고 있어

48

참을 수 없는 해변

바다는 소변을 참지 못하는 이유야 수평선은 나무보다
더 긴 과정이지 잠시 차를 세우고 이음새 없는 물의 조립
공정을 지켜봐 목까지 차오르는 소변, 소변 위로 둥둥 떠
오르는

몸

이제 당신을 물의 허공이라 부르자 그 위로 구름의 조
각에서 비가 새 비는 열매의 항복 같고 꽃의 비명 같아 항
복과 비명 사이에 교대 근무 중인 파도 경례를 붙이고 싶
어 파도가 아닌 쓰러진 포말에게 하얗게 거품 문 질문에
게 아직 끝나지 않은 소변에게 밤마다 방광처럼 부푼 달
에게 저 달의 숙소에

초끈 이론

낯선 손님이 집에 들어서자 묶인 개는
컹컹컹 맹렬히 짖어 댄다

끈은 있을지도 모를 공격을 묶는다 불안을 묶는다 마
당을 묶는다
  그 끈 얼마 전 요 앞 철물점에서 샀다, 아니 AD 1963년
우리 어머니에게서 나왔다

  개와 말과 소뿐 아니라
  형과 누나 동생이 줄줄이 묶여 있고 동네와 가난이 묶여
있고
  욕망과 욕정
  이편과 저편
  심지어
  끈이 끈을 묶고 있다

  모두 매달렸다 매달리기 위해 줄을 섰고
  절망은 끈 밖으로 벗어난 길이의 합이었다

  얼마 전 실종된 고모가 끈의 뒤편에서 발견되었다

끈의 뒤편을 처음 산책한 사람은 수학자 뫼비우스다

그보다 훨씬 오래전에
세례자 요한은 광야에서 허리춤을 불끈 가죽 끈에 묶고
메뚜기를 잡았고
공자는 허리끈 슬며시 풀고 메뚜기보다 인육을 즐겨 먹
었다는 기록이 있다

전도서를 읽는 밤

겨울 바다에 눈이 내린다 헛된 눈이 내린다 쉬지 않고 내린다 내린다는 사실만 내린다 내린다는 사실은 사실과 무관하게 내린다 사이사이 싸락눈이 섞인 사이사이 실제가 섞인 달력에 걸려 있는 십이월이고 그것도 재작년 달력이고 어쩌다가 남겨 둔 한 장이고 바다 거죽 어디에도 눈 한 점 없고 없다는 사실만 있는 있음과 없음 사이가 포근하고 없음은 제가 없음인지 눈치 채지 못한 채 파랗게 파생하는 눈

저문 꽃들

언제부턴가 귀에서 앵앵 소리가 난다
미처 빠져나오지 못한 말의 죽데기라도 남은 걸까

병원 마당을 지날 때
저문 꽃들이 귀처럼 달려 있다

문장도 없이 진동하는 고막들

나뭇가지에서
나뭇가지로
붉은 말이 흰 말을 듣고 있다
흰 말에 붉은 말이 섞여 있다

오래전에 죽은 아버지처럼
꽃은 말을 하지 않고 옮겨붙는다

제3부

매우 쪽으로 선 나무

내가 오른쪽이라 했을 때 꽃은 더 쪽을 바라보고 있다

내가 위쪽을 가리키자 잎사귀는 가만가만 덜 쪽을 응시하고 있다

귀를 감은 왼쪽이 천천히 찻잔에서 흘러내리고

내가 고여 있는 아래쪽은 뿌리가 있는 늘 쪽이다

줄기가 휘어지는 빨리 쪽은 내가 바라보는 앞쪽이다

내가 뒤쪽으로 돌아설 때 비는 가끔 쪽으로 내리고

내가 염려하는 안쪽은 붉은 열매의 너무 쪽이다

지네

출발이 너무 많은 발들

먼저 건너간 발과 아직 도착하지 않은 발 사이에
여전히 집단적인 발들

발의 방향은 모든 발들의
사고의 합과 같다고 우기는 발들

한 개의 발이 궁금하면 다른 백 개의 발들이
자꾸 궁금해지는 발들

몸체의 앞을 구부려 가끔씩 뒤돌아보면
가지런히 매달려 한꺼번에 휙, 돌아보는 발들

누가 첫발을 내디뎠는지 아무도 모르는 발들

누설되지 않은 발들

아직도 다 기억나지 않는 발들

오래전에 죽었거나 벽장 속에서 한 번도 꺼내 신지 않은
발들

도착이 너무 많은 발들

결코 도착할 수 없는 발들

NACL

물고기는 없고 바다만 있다

배는 없고 바다만 있다

어부는 없고 바다만 있다

등대는 없고 바다만 있다

방파제는 없고 바다만 있다

수평선은 없고 바다만 있다

파도는 없고 바다만 있다

없음의
혓바닥에
머들머들 돋는

$\sqrt{섬}$
$\sqrt{섬}$

$\sqrt{섬}$

어떤 대화

그가 손가락을
몇 번이나 접었다 펼쳤다 해대지만
내가 보기엔
어떤 말도 그 손가락에 묻어 있지 않다.

우린 서로 답답한 채
잠시 손가락과 입의 휴전을 시작한다.

언어는 어디서 죽는 것일까.

그가 상점에 들고 온 것은 지갑 속의 지폐다. 분명
말을 들고 오지 않았다.

내가 상점에서 선뵈는 몇 개의 알쏭달쏭한 물건으로
지금 그의 지폐를 낚아 올릴 수가 없다.

내 입에서 나온 여러 말들이 포장조차 뜯지 못한 채
그의 귓속에 고요히 쌓여 있다.

이 상점의 어떤 상품이 마침내

그의 손가락 끝의 환한 소리로 호명되겠지만

당신과 나 사이엔
아직
죽은 소리에 대한 장례 절차가 남아 있다.

대게

    나무 사다리와 철제 사다리보다 훨씬 그 이전에 만들어진 저 구닥다리들, 수협 직판장 앞마당에 부려진 채 접혔다 펴졌다 하는 사이 왁자지껄 사람들이 빙 둘러선다. 아마 사다리가 필요한 사람들인 모양이다. 여전히 사다리는 높은 외벽의 전등을 교체하거나 수직을 향해 비스듬히 세워진 채 오르내리는 수단으로 유효하다. 하지만 가끔씩 사람들은 제 입속에다 사다리를 펼친다.

파도의 예각

　말하지 않고 말을 걸고 있다 말에 걸려 딸려 오는 말들 앞의 말이 딸려 오는 말인지 스르르 딸려 가는 말이 더 앞선 말인지 말을 할수록 헛디디는 말, 말이 없어도 쑥쑥 빠져드는 말, 어느새 모래톱 하얗게 잘려 나간 말, 말의 살점 종일 상처뿐인 말, 말은 거칠수록 희다 요란한 흰색들 흰색을 다 듣고 나면 다시 볼륨이 낮게 깔린 흰색

　여백은 없다

냄비

　냄비가 이상하다 모든 냄비의 속성에 대해 말하는 게 아니다 지금 내 눈앞에 있는 저 냄비에 대해 오래된 냄비에 대해 내가 오래 사용해서 한쪽 구석이 쭈글쭈글하고 시커멓게 그을린 채 여기저기 자국이 남은 저 냄비는 내

　모자가 되고 싶어 한다 처음엔 말도 안 된다며 피씩 웃다가 무엇보다 나는 모자를 좋아하지 않는다고 딱 잘라 떼다가 어쩌면

　움푹 팬 것이 모자가 될 것 같기도 하고 한때 저 속의 내용물을 틈틈이 내 입속에 넣었듯 이제 냄비에 오롯이 내 머리의 기억을 담을 수도 있겠다는 생각

　언제부턴가 나는 모자에 담겨 있다

　펄펄 끓을 때도 있다

섬에 도착하는 방법

네 왼쪽 방향에 놓인 게 섬

섬은 가만있어

가만가만 오고 있지

넌 섬의 오른쪽에서 시작해

보인다, 섬이 보인다고

소리친 것 때문에

머리를 긁적일 필요는 없어 더구나 머리를 긁적이려고

모자를 벗을 필요는 더욱 없어 궁색한 것은 모자 속에
다 있지

흐린 날은 모자가 더 멀어져 있고 한 번도 도착하지 못
한 쪽이

모자야 아니, 네가 한 번도 출발하지 않은 쪽이야

방향은 휘어지면서 모여들지

언어도 휘어지면 섬이 될까 섬으로만

모자를 씌울 수 있어 그건 네가 하는 말

넌 이미 모자를 쓰고 있거나

그건 혓바닥이 붉기 전의 이야기야 귓속에

섬이 흐르기 전의 일이야

구름처럼 떠 있는 섬, 비처럼 내리는 섬, 섬만

생각하면 뒤죽박죽 내가 헤엄칠 수 없는

거리 그 거리에 네가 놓여 있고

나는 잠시 네 모자를 빌려 쓴다

닭발

자주 신발을 산다
한 번도 신지 않은 것들이 여러 켤레 있다

신발을 사던 마트에서 닭발을 샀다
발을 사는 일은 드문 일이다
디뎌 본 경험이 모두 잘려 있다

신발장에 신을 넣듯
냉장고에 발을 넣는다
신과 발 사이가 멀다
서로 신지 않는다

발이 입에 들어간다

식탁 위에 발을 꺼내 놓고
일행이 올 때까지 기다렸다

맥주가 떨어졌는데 안주만 씹을 수가 없다며 급히 신
발을 끌고 나간 사람이 깜깜무소식이다 한 시간이 지나고
하루가 지나고 십 년이 지나고…… 전단지마다 발을 찾습

니다라고 적어 놓았다

발이 가까이 올 때까지
발이 하나씩 줄어든다

세상의 발이 다 궁금하다

$$\sqrt{\text{사과}} \times \sqrt{\text{사과}}$$

　안면 있는 과일 앞을 지날 때 사과들이 빤히 쳐다본다
친절한 주인이 사과 반쪽을 건넨다 사과를 받는다 사각대
는 사과 얼굴까지 붉은 사과 뿌리 없는 사과 사과 한 상자
가득 사과하는 사과

　미안하다고 너무 시다고 아직 덜 익었다고 기왕에 헤어
지자고 아직 열리지도 않은 사과를 어디선가 불쑥 꺼내 놓
는 사과 장수 사과는 달고 사과는 아프고 적당히 둥근 것
이 미안한 자세로 나무에서부터 씨앗에서부터 미리 사과
한다면 누가 과일일까

　사과를 따고 남은 빈 가지에 더 이상
　사과가 없다
　사과나무는 언제나 사과하기 전이고
　사과하고 난 뒤다

　사과가 한 그루의 사과나무를 키울 순 없다
　사과는 반복이고 낙하일 뿐 단지
　사과를 위해
　사과할 필요가 없는 부분까지

사과 장수가 있다

말이 태어나는 바다

―파도에게

말은 태어나자마자 달리고
미친 듯 쓰러진다

말을 하는 동안에도
히히힝 울고 있는 말
말은 종이가 아닌 물의 등허리에
푸른 잉크같이 번진다

때때로 치달리는 동안
기진맥진한 말은
중얼거린 거품같이 말발굽 아래
뿌옇게 눕지만 자세히 보면
겁 없이 달려와 무릎 팍팍 꺾는 것은
말이 아니다 늘 무릎 꿇는 것은
빈말이다

수평선에 내걸린 무성한 소문처럼
말은 돌아오지 않는다

말이 없는 곳에 해변이 있다

해변이
둥근 말안장 같다

눈이 오는 동안

눈이 오고 있다
눈에 보이지 않던 눈이 보인다
눈을 좋아하는 눈들이 일제히 눈을 향한다

누구의 눈도 아닌 눈들

눈과 눈 사이에 눈이 내린다
눈을 감고 눈이 내린다
눈이 눈에 올려져 있다

눈이 아닌 것들이 더 밝을 때가 있다
눈이 아닌 것들이 더 환할 때가 있다

눈길은 여전히 포근하고 이곳에선
아무도 울지 않는다

눈은 눈을 감는 방법으로 쌓여 간다

새가 날아오를 때

나뭇가지에서 새 한 마리 푸드덕 지금
날아오르는 것을 본다

사라지는 새의 이름은 결코 궁금하지 않다
사라지는 새의 방향도 알고 싶지 않다

나는 오로지 지금을 보고 있는 중이다

날아오르는 날갯짓에서
날개가 빠져나간 빈자리에서

지금은 얼마나 길고
지금은 얼마나 덕지덕지한가

나는 다리 하나 쑥 빼서
지금 속에 넣는다

오래전에 허공을 스치며 울던 새가 지금도
내 생각의 나무에 걸려 있다

고양이의 눈

빛이 너무 밝으면 잠시 고양이는 사라지곤 해

동공 가운데 가느다랗게 일자형 막대를 받쳐 놓고

우리도 그 속으로 쓱 사라질 수 있을까 누군가

사다리를 타고 올라가 창문을 두드렸지 누군가

담장 아래로 내려가 샷다문을 두드렸지

방금이라도 커튼을 열고

찔끔 제 꼬리라도 보여 줄 것 같은데

아무도 없어, 아무 일도 없어

눈 속에서 고양이를 끄집어낼 수가 없어

문이란 문은 일요일 오후처럼 자세히 닫혀 있어서

하마터면 당신을 야옹 하고 부를 뻔했지

오래된 나무

내 가게 건너편 오래된 나무 한 그루를 바라본다 이 가게의 전 주인도 전전 주인도 저 오래된 나무를 보았을 것이다 키 큰 나무는 가지를 늘어뜨리고 잎을 떨어뜨리고 겨울이 오면 다시 앙상해지기를 반복하고 있지만 저 나무에 빈틈없이 붙어

날이 갈수록 싱싱해지는 오래들

오래를 보고 있으면 저 속으로 얼마나 많은 햇살이 들락거렸는지 저 속에서 얼마나 많은 비를 들고나왔는지 여전히 어느 구석도 삭아 내린 곳 없는 저 팽팽한 오래 키 큰 나무의 키만큼의 오래들 저 오래도 오랫동안 속절없이 울었고 더 오래 글썽일 것 같아 오늘은 아예 의자를 가게 입구에 당겨 놓고 오래오래 바라보고 있다 내 다음 가게 주인의 호주머니 속에서 꺼낸 손을 들고

제4부

동류항

1. 물고기가 있고 어항이 놓여 있다

2. 물고기가 없고 어항이 놓여 있다

3. 물고기가 있고 어항이 놓여 있지 않다

첫 번째와 세 번째는 항과 항 사이가 변수다 변식이 필
요하다 지느러미에 감긴 항들 곡선의 항들 항 바깥에서 물
고기가 항을 낳는다 항과 항 사이에 떠 있는 물고기 열쇠
를 돌려 물고기를 열고 들어가 불을 환히 켠 항들 물과 고
기 사이를 계단처럼 오르는 항들 비린내가 나는 항들 마침
내 그물을 걷어 올리면 오랜 항구 같은 항들 갈매기는 갈
매기 물결은 물결끼리 묶는 사이로 커피를 싣고 씽씽 달리
는 아가씨 두 번째 어항처럼 놓인 항들 결코 어항이 아닌

해변의 몽돌

   우글거리는 입들, 입은 입에서 나온다 통째로 입이다
그 사이로 헤집고 들어와 무엇을 콕콕 쪼아 대는 갈매기의
주둥이를 본척만척 어떤 입도 발설하지 않는다

   몇 개의 입은 납작하게 침대처럼 오래 누워 있다
   또 다른 입은 모자처럼 푹 눌러쓰고 있다
   무한히 접힌 말들
   말이 채 닿기 전에 먼저 닿은 입들

   입은 말을 발명하지 않는다

   입속에서 말이 자란다
   입속으로 귀가하는 말

   말의 발자국
   타원형의 침묵
   침묵의 경사(傾斜)

   입이 없다고 침묵을 꺼낼 필요는 없다
   말이 없다고 입을 감출 필요는 없다

84

비의 도착

물을 비라고 부르는 사람은 없다

비는 즉사한다 어디든 닿는 순간 즉사하고
흥건하게 남은 주검은
깊게 파고드는 성질이 있다

나무의 내부 통로를 따라가면 물관이 나오고
땅을 깊게 파도 물이 있다

오후 내내
허공을 번득이며 비가 내렸다
앞마당 작은 웅덩이마다 흥건히
고여 있는 물
속도는 감쪽같이 사라지고 없다

죽음은 비가 도착한 모든 구간

더 이상 구름 냄새가 나지 않는다

불온한 나무

나무는 충동적이다
나무는 우발적이다

잠시도 가만있질 못하는
나무, 수시로 손목 발목 다닥다닥 붙은 잎들을 부러뜨
리고 꽃을 몇 번이나 피웠다 지웠다 그것도 지겨워 온몸
전류를 흘려 초록색 퍼포먼스를 벌이거나 말벌 대추벌 가
릴 것 없이 떼거리로 불러들이고 어이, 지나가는 구름 흔
들어 투명하고 가는 끈을 제 목에 칭칭 감아 댄다

사람들은 나무의
위험성을
떡잎부터 알아보았다

나무를
단 한 번도 눕히지 않았다

나무를
단 한 번도 재우지 않았다

밤낮 사육했다

눈은 아예 퇴화되고
털이 부숭부숭한 채

나무는 날마다 어두컴컴한 땅을 파 내려갔고
수직으로 마당을 빠져나가는 중이다

마트에서

생각들은 어디에 쪼그리고 있나. 길고 홀쭉한 목 위에
붙은 이 커다란 덩어리 속에 온갖 생각의 뭉치가 고스란
히 들어 있다면, 머리를 까딱까딱 목 위에 높다랗게 올려
놓고 직장이든 화장실이든 이렇게 수십 년 들고 다녀도 되
는 걸까. 도대체 생각이 머리에 있긴 할까. 미리 생각들이
없는 머리를 세워 두고 심지어 없는 머리 위로 모자까지
하나 턱 걸치고 있진 않은지. 자주 들리는 지하 육류 코너
머리가 사라진 닭들이 가지런히 목을 내민 채 놓여 있다.
분명 저 잘려진 목 위로 단 한 개의 생각도 얹혀 있지 않을
것인데, 장바구니를 들고 살까말까 망설이는 것은 순전히
내 생각을 닭 모가지 위에 붙이는 일이다.

붉은 혀

바닷가에서 놀다가
손바닥 위에 조약돌 하나를 집어 올린다

평범한 침묵,
안에서 빠져나옴 없이 밖이 정지해 있다

그다지 호기심이 일지 않는다
그냥 놓아 버릴까 하다가

우연한 곡면에 대해
말을 걸고 싶었다

매끈하게 입이 없었다
한마디도 없었다

바다가 딱딱해지기 시작한다
파도가 단단해지기 시작한다

퇴화된 입 밖으로 손 하나 툭 떨어진다

비를 적시다

모든 비는 변명이다

구름 속에서 빠져나온 이유를
나무들에게 쉴 새 없이 늘어놓았다
심지어
온 땅을 헤집고 속삭였다

미처 말귀를 못 알아들은 풀은 마당 구석에 삐죽
귀를 내밀었고
새는
잘 들리는 허공 쪽으로 날아올랐다

종일 가늘고 긴,
혀가 혀를 적셨다

가끔은
완강히 침묵하는 나무를 위해
비는 이어폰을 꽂고
둥근 나이테 속으로 고요히
스며들었다

이제 어떤 나무도
그 열매를 변명할 수 없다

Hg, 혹은 수은

고양이는 어디에 있나

낙하지점마다 사뿐 말아 올리고

온도계를 뛰쳐나와 은백색 볼베어링으로

이리저리 흩어지는 순간, 위험한데, 아니

데구루루 구르는 모양이 너무 귀여워, 의자

밑으로 마루 구석으로 숨어, 숨어, 저런

만지면 안 돼, 둥근 눈이 동그랗게

굴러다녀, 머리가 몸속으로 쑥, 사라지거나

몸이 머리통에서 재빠르게 삐져나오지만

흠집 하나 없는, 둥근 야옹, 거꾸로 매달려 야옹

야옹은 야옹의 표면장력, 고양이는 어디 있나

뜨거운 당신의 겨드랑이에, 들끓는 당신의 혀 밑을

파고들지만 쉿, 더 이상 분해할 수 없는 음절은 모두

이렇게 둥글 거야, 둥근 야옹으로 수없이

나눠지는 고양이, 저 홑원소들

빈센트 반 고흐

—별이 빛나는 밤을 중심으로

삼나무 꼭대기 위로

푸르게 회전하는

별

공중으로 돌돌 말리는 파이프의

담배 연기

볼트 너트가 촘촘히 박힌

해바라기

수상하게 휘어지는 밀밭 길, 더 수상쩍게

소용돌이치는

달과 바람

그 위로 마-악 곱슬곱슬 감겨 오는

밀밭 길

뱅글뱅글 조여 오는 원추형의

고독

원통형의

가난

기하학적

불안

분도고물상 간판 앞을 지나가다 설핏 당신을 보았다

붓 대신 드라이버를 들고 있었다 폐목과 폐목 사이 나사
를 풀고 있었다 반시계 방향으로 풀린 별들이 연장통에
수북했다

'툭' 하고
떨어진 나선형의 귀 하나 별인 양 담겨 있다

폭포

긴 목들은
벼랑 어디엔가 헛바닥을 감추고 있다

한마디도 내뱉은 적 없는 말이 쉼 없이
번득이며 쏟아진다

일정한 높이에 이르면
속력이 말을 대신한다

어떤 높이에서는 말의
무게가 말인 줄 안다

가차 없이 떨어지는 말은
서로
말의 페달만 밟아 댈 뿐

무슨 말인지 영문도 모른 채
높이 저 아래로
둥글넓적 찌그러진
호수

더러 낙차가 큰 것은 말씀이 된다

푸른 귀

마당에 돌을 옮긴다
침묵이 어디에 들었는지 돌은 말하지 않았다
나는 여태 돌 바깥에서 수많은 말을 했다

나는 태어난 지 오십 년도 넘은, 다시 말해 1963년 이
전까지
단 한마디의 말도 하지 않았다
단 한 개의 생각도 하지 않았다

이전과 이후는 늘 접속 불량이다

내부와 외부 어디에도 태어난 흔적 없이
돌은 있다 단단하게 있다 침묵 바깥에
활짝 핀 돌
모든 진술을 거부하고 있다

한 백 년 전쯤 나는

돌보다 빨리 도착한 침묵을 옮겼다
돌보다 빨리 도착한 무게를 옮겼다

파도의 단면

물과 물 사이에 자살을 시도하는 물이 있다 목매다는 물이 있다 허공이 보이는 최초의 높이에 이르는 순간 버팀목을 단박에 빼 버린 당신 목에 둥근 해안선을 칭칭 감고 있다

춤
—파도에게

움직이는 게 다 生이라면

그 生의 펄럭임으로
둥근 해안선까지 팽팽히 몰려오는 게
춤이라면

당신의 몸짓은 정확하다
당신의 표정은 분명하다

정수리마다
비명같이 돋아나는
절벽
눈부시게 집어넣는
흰 발목

최후가 어디 따로 있으랴

허공을 향해 왈칵 솟구친 자리마다
널브러진 잔해

단 한순간도
사라지지 않기 위해
사라짐을 딛는

처음과 처음 사이가 죽음이다

제5부

수평선 치킨

목맨 친구의 두 다리가 흔들흔들 떠오르다가 사라진다. 구름이 끈을 가린다. 기다란 끈은 언제나 구름 속에서 나온다. 창밖으로 하염없이 풀어지는 끈, 축 늘어진 다리가 풀린다. 풀린 다리 출렁이며 치킨점 의자에 앉아 닭다리 뜯다가, 다리 저는 다리를 슬쩍 내려 보다가, 소와 돼지 다리만 걸린 식육점을 생각하다가, 입에 들어간 닭다리처럼 오랫동안 불편한 다리가 되어 준 친구의 다리, 다리를 씹는다 씹으며, 구름 대신 여전히 투명한 밧줄을 걸고 창밖으로 떠다니는 우산, 다리들이 녹고 있다.

핸드 드립

커피를 마시면 비가 오지 않아

구름 속의 카페인
아무래도 구름의 중독자야

나와 잠 사이에 우산이 떠 있듯
익명의 제보처럼
무동력의 캄캄한 밤이 떠다녀

눈을 감고 있어도
조금씩 사라지는 잠의 모서리

잘 익힌 허공에서
갓 볶은 비 냄새가 나
어둠이 추출되고 있어, 하지만

한 스푼의 밤도 젓지 않을래

어둠이 궁금해질 때까지 잠은

오지 않는 비에 대해
우산의 윤곽을 받쳐 들고 있어

봄눈 풍경

늦게 오는 눈을 본다
무슨 실수처럼
저희끼리 휘둥그레지는 눈빛을 본다
잠시 머뭇머뭇, 마침내
조용히 기댐을 포기하는 눈을 본다

어떤 눈은 사람들의 머리 위에서 사라지고 있다
어떤 눈은 나뭇가지에서 사라지고 있다
어떤 눈은 마당 가장자리에서 사라지고 있다

죽음이 죽음 위에 눕고 눕는다

모든 관들은 따뜻하다

꼬리들

개들이 다 그렇듯 반가울 때 잠시 꼬리를 흔드는 버릇이
있다

평소 몸의 바깥 한쪽 구석에 축 늘어져 있다가도

발자국 소리나 친근한 얼굴을 향해 사정없이 흔들어 재
끼는 저 꼬리

개밥을 내려놓으며 내가 개의 머리를 쓰다듬는 동안

마당 한쪽 나지막한 나무의 가느다란 꼬리가 마구 흔
들린다

슬리퍼 끌며 누가 허공 한 그릇 들고 지나간다

쟁반 위의 생선

물을 이야기할까
물고기처럼

노릇노릇 잘 구워진 생선은
군데군데 이야기가 타 버렸지만

먼저 한 점 들어 보렴

쟁반에서 마을로
마을에서 나라 밖으로

끝없이 발설되는
물고기
물고기 넘치는 발설

물고기가 불어날수록
고요하게 누운
생선

젓가락을 댄다

생선의 눈알
속살까지
시력 없는 말들

쟁반이 둥글게 이완되고
식탁 위로
길고 흰 입술이 흘러가고 있다

어떤 물고기로 말할까

벌컥벌컥 목구멍 가득
치솟는
물고기 떼

낚시 교본

침팬지나 돌고래와의 대화법은 많이 연구되고 있지만
물과 대화하는 방법에는 아직도 실을 활용하고 있다

가느다란 실 꾸러미를 묶어 배 위에서 던져 내리면
촘촘한 실 틈새로 물이 몰려와 온갖 이야기로 출렁댄다
솔깃해진 물고기가 그물에 스며든 물의 이야기를 듣
느라
어느새 배 위에까지 좇아오고
사람들은 대화에 성가시게 껴든 물고기를
실에서 툴툴 털어 버리곤 한다

오늘도 방파제에 가 보면 바닷속에 실을 밀어 넣고
초조하게 전화를 기다리듯
물이 말을 걸어오길 기다리는 사람들

어쩌면 저쪽에서 영영 연락이 오지 않을지도 모르지만
인내심을 발휘하는 사이 하나둘씩
물고기가 실에 걸려 장대 높이 팽팽하게 날아오르며
아무래도 오늘은 틀렸다고, 물이 일절 말하지 않을 것
같다며, 그냥 가라고

퍼덕퍼덕 몸짓을 해 대지만

그 물고기를 아이스박스에 던져 입도 빵긋할 수 없게
닫아 버리곤
사람들은 다시 물속에 실을 밀어 넣기를 반복한다

실내의 증거

아직 아무도 도착하지 않았다
아직 누구도 정착하지 않았다

언제 심었는지 광장 중심에 꽂인 양
전구 하나 달랑 달린 채 텅 빈,

그곳

더 이상 무게들의 숙소로 이용되지 않는다
오래전에 결박된 바다의 기억뿐

모자가 놓인 흔적이 없다
당신이 기댄 흔적이 없다

입을 꼭 다물면 바다도
금세 벽이 된다

단지 벽의 궁금한 쪽이 문이다

문밖에 나무들이 거꾸로 자라고 있다

감은 감나무에 도착하지 않는다

감은 익는다 감나무는 익지 않는다
교묘하게 뻗은 가지도 익지 않는다
매년 그렇다
매번 그랬다

감이 떨어지고 난
뒤에도
감나무는 여전히 세상에 걸려 있다
여전히
가지들도 능숙하게 걸려

다음 해에도
그다음 해에도

감에 대해 이야기하고 있다
익는 방법에 대해 이야기하고 있다

익어 툭 터져야 도착하는
감의 기억은 다시 출발 쪽이다

불면증

잠이 오지 않아 잠 오는 약을 먹는다
버스가 오지 않아 버스표를 먹는다

나는 여전히 바깥에 있다
눈이 오는 아득한 바깥

눈이 와서 눈사람을 만들고
버스가 와서 눈사람을 태웠다

밤새도록 녹지 않는 밤
소복소복 눈알이 쌓이는 밤

지붕 위에 하얗게 잠이 오지 않는다
담벼락은 하얗게 부작용 중이다

세상은 오지 않는 것으로 덮여 간다
세상의 바깥으로 덮여 간다

잠 대신 버스를 기다린다
사람 대신 눈사람을 기다린다

눈사람은 언제쯤 오나

그 사람은 언제쯤 다 녹아내리나

나무의 키에 대해서

나무가 하는 일은 생각보다 단순하다

날마다
드라이버로 허공을 뜯어내고 나무는
그의 키를 조금씩 더 높이 박는다

때때로
나뭇가지에 붉은 꽃을 들고나와
툭툭 떨어뜨리며
허공의 높이를 잰다

하지만
더 이상 허공을 뜯어낼 수 없다

몇 차례 우기와 건기를 견딘 허공은
시멘트 반죽보다 더 단단해진다

수령 수십 년 이상의 나무가
있는 뒷산 숲에 가 보면
허공의 뚜껑을 열지 못한 나무의

허리가 옆으로
휘어지기 시작한다

적확히
한 그루의 허공은
한 그루의 나무만큼 자란다

들쑥날쑥 허공이 피고 있다

물의 구성 성분

누가 문에 기대 울고 있네요

물의 구성 성분은 문입니다
순도 99.9%의 문
문이 울음을 관통하는 중입니다
문짝 같은 어깨를 들썩입니다

바람의 열림과 닫힘, 피고 지는 꽃, 찰랑이던 호수가 사
라지는 것도 어쩌면

물이 문의 얼굴로 사라지기 때문입니다
문이 물의 기억으로 사라지기 때문입니다

보세요 수평선에서
열쇠도 없이 문을 빼꼼 여는 물고기
문이 사라지고 난 뒤에도 문은 물의 방향으로 서 있네요

물의 두께는 문입니다
입술 두꺼운 강물입니다

문은 잠시도 가만있지 않네요
구름도 일종의 문짝입니까
어저께의 비가 오늘도 내립니다

입이 없는 나무와
입이 없는 시간 속으로

문이 세상을 통과하고 있는 중입니다

공갈빵 파는 부부

정자어판장 귀퉁이에 리어카 세워 놓고
공갈빵 파는 젊은 부부가 있다.

사람들의 발길이 뜸한 여름 한낮 말 대신
수화를 하는 이들에게
공갈빵 이천 원어치 사서 오는 길에
천천히 빵을 뜯어본다.
둥글고 넓적한 빵 속은
텅 비어 있다.
내부가 멀쩡하게 비어 있다.

그 공갈빵 씹으며
리어카를 떠올린다.
통 손님이 있을 것 같지 않은, 다 팔리려면
아직도 까마득할 그
쩍쩍 들러붙는 공갈 반죽 안고
우두커니 있을

공갈이 많이많이 팔려야 좋을
그 둥근 얼굴들

빵 속에는 종일 허기진 말이 가득 부풀어 오른다.

지붕 위의 파도

물에도 통증이 있다는 생각

통증을 하얗게 곱한다는 생각

통증과 통증 사이를 수없이 걸어왔다는 생각

걸어오면서 발을 두고 왔다는 생각

발이 없는데도 발바닥이 아프다는 생각

파도가 고체라는 생각

생각과 생각 사이에 다리를 놓는다

맨발의 예수가 유심히 통나무 위로 걸어오고 있다

등가교환의 시적 논리

조강석(문학평론가)

　시적인 것의 비밀을 구조적으로 해명하고자 노력했던
로만 야콥슨은 "시적 기능은 등가의 원리를 선택의 축으
로부터 결합의 축 속으로 투사한다"고 정의한 바 있다. 언
어학자이면서 형식주의자로부터 구조주의자로의 전회를
몸소 보여 주었던 로만 야콥슨의 시론에는 여러 층들이
있다. 아마도 가장 널리 알려져 있으며 두고두고 회자되
는 것은 실어증 환자의 두 유형을 인접성 장애와 유사성
장애로 범주화하고 이를 은유와 환유의 원리가 실재함을
증명하는 사례로 설명하면서 문학의 스타일을 은유적인
것이나 환유적인 것의 관계를 통해 정리하는 논의일 것이
다. 그런데 우리가 한 번 더 주목해 볼 만한 것은 실어증
연구 이후 야콥슨이 일련의 언어 연구에서 시적 기능 고
유의 원리와 구조가 무엇일까에 대해 골몰했다는 사실이
다. 그리고 그 결과 유사성과 인접성의 문제를 선택(selec-

tion)과 결합(combination)의 문제로 재정돈하면서 얻게 된 것이 바로 위와 같은 문장이다. 시의 고유한 기능이 등가의 원리를 선택의 축에서 결합의 축으로 투사한다는 것이 의미하는 바는 간단하지 않다. 그러나 이를 간명하게 정리해 보자면, 시에서는 구문론적 질서에 따른 배열뿐만 아니라 의미 단위의 배열도 등가성을 형성하려는 경향을 지니며 이에 따라 인접성의 원리에 의해 진행되는 문장의 제반 구성 요소들이 의미론적으로 동등하게 중요한 가치를 지니게 됨을 뜻한다고 설명될 수 있을 것이다. 시적 의미의 복잡성과 중층성, 형식주의자들이 즐겨 사용했던 표현을 빌리자면, 다의성(ambiguity, 애매모호성)이 시의 핵심이 되는 까닭도 같은 맥락에서 설명된다.

새삼 로만 야콥슨의 논의를 언급한 것은 인접성과 등가성 그리고 그 양자가 중첩될 때 발생하는 의미의 다의성 등을 떠올리지 않을 수 없는 시가 우리 눈앞에 놓여 있기 때문이다.

창문도 현관문도 잠겼는데 먼지들은
어떻게 왔는지
밥상 위에 뽀얗게 내려앉았네요

가만가만 식사 중입니다

가만 놓인 컵, 가만있는 쟁반, 그 위에 가만 엎드린 수저

모두

가만을 먹고 있네요

가만은 달콤합니까

가만은 정말 질길까요

불빛은 가만과 가만 사이로 흘러내리고

벽은 가만히 쳐다봅니다

가만은 그대로의 삶입니다

　　　　　　　　　　—「연장(延長)」 전문

　권주열 시의 매력이 갓 태어난 듯한 문장의 생생함에 있다는 것은 이 시집을 읽은 이들에게는 새삼스러울 것이 없다. 예컨대, "날이 갈수록 싱싱해지는 오래들"(「오래된 나무」), "태어나기 위해 부족한 것은 온통 탄생뿐이다"(「바깥」), "어떤 장소는 장소 뒤에 남은 공허의 둘레를 포함하고 있다"(「가자미」)와 같은 문장들을 이 시집에서 발견하는 것은 너무나 빈번한 일일 터인데 이를 권주열 식 문장으로 표현하자면, 우리가 이 시집에서 발견하는 것은 생생함이 빈번함에 집을 짓는 현장들이라고 할 법하다. 그런데 매력적인 시적 문장들의 비밀을 모두 밝혀내는 것은 불가능에 가깝지만 그 문장들의 기저에 놓인 어떤 구조를 들여다보는 것조차 무망한 일은 아닐 것이다. 성급히 말하자면 권주열의 시에서 그 구조의 비밀 역시 유사성과 등가성의 중첩, 그리고 교환과 전치를 통해 전경화되는 중층적 사유와 의미의 다중성에 놓여 있다고 하겠다. 인용된 시를 보자. 여기서 우리는 어떤 미끄러짐과 겹침을 본다. 틀림없이 이 시는 누군가 조용히 식사 중인 어떤 장면에 대한 시적 묘사로부터 시작되었다. 1연의 정황은 이를 지시한다. 그런데 2연의 "가만가만 식사 중입니다"라는 묘사, 즉 눈앞에서 벌어지고 있는 행동의 양태를 묘사하고 있는 문장을 인접성과 유사성이 등가적으로 교환되는 변환 장치로 삼으면서 시는 미묘하게 미끄러지고 있다. 그런 맥락에서 보자면 "가만을 먹고 있네요"는 그 현장에 대한 생생한 리포트이며 "가만은 그대로의 삶입니다"는 교환과 전치의 결과에 대한 보고이다. 행위의 대상과 양태를 등가적으로 교환함으로써 우리 일상의 연장성(延長性), 삶의 그 (즉)물적 속성이 고스란히 드러난다.

> 나뭇가지에서 새 한 마리 푸드덕 지금
> 날아오르는 것을 본다
>
> 사라지는 새의 이름은 결코 궁금하지 않다
> 사라지는 새의 방향도 알고 싶지 않다
>
> 나는 오로지 지금을 보고 있는 중이다

날아오르는 날갯짓에서
날개가 빠져나간 빈자리에서

지금은 얼마나 길고
지금은 얼마나 덕지덕지한가

나는 다리 하나 쑥 빼서
지금 속에 넣는다

오래전에 허공을 스치며 울던 새가 지금도
내 생각의 나무에 걸려 있다
                                    —「새가 날아오를 때」전문

상황은 이 시에서도 마찬가지다. 이 시 역시 새 한 마리
가 나뭇가지에서 날아오르는 어떤 현장에 대한 시적 묘사
에서 시작된다. 그런데 관심은 이내 묘사의 대상에서 묘
사 대상의 존재론적 범주인 시간과 공간 쪽으로, 그리고
그 연속체 안에서도 특정하게 번뜩이는 어떤 순간, 시어
를 통해 직접 표현하자면 바로 "지금" 쪽으로 전환된다.
그 결과 얻게 되는 문장이 "나는 오로지 지금을 보고 있는
중이다"라는 문장이다. 대상과 배경의 교환, 혹은 행위와
범주의 교환이라고 칭해질 수 있는 이 중첩과 전치로 인
해 우리는 "새의 이름"이나 "새의 방향"이 아니라 새가 짓
고 통과한 바로 "지금"을 들여다볼 수 있게 된다. 아마도

이런 양상을 가장 선명하게 드러내는 것은 다음과 같은 시일 것이다.

내가 오른쪽이라 했을 때 꽃은 더 쪽을 바라보고 있다

내가 위쪽을 가리키자 잎사귀는 가만가만 덜 쪽을 응시
하고 있다

귀를 감은 왼쪽이 천천히 찻잔에서 흘러내리고

내가 고여 있는 아래쪽은 뿌리가 있는 늘 쪽이다

줄기가 휘어지는 빨리 쪽은 내가 바라보는 앞쪽이다

내가 뒤쪽으로 돌아설 때 비는 가끔 쪽으로 내리고

내가 염려하는 안쪽은 붉은 열매의 너무 쪽이다
　　　　　　　　　　　—「매우 쪽으로 선 나무」 전문

　시에서 '패러프레이즈의 이단(heresy of paraphrase)'을 경계한 것은 클리언스 브룩스 같은 형식주의자들만의 일은 아닐 것이다. 통상의 구문론을 따라 주어와 목적어, 그리고 양자의 관계 양태를 설명하는 부사, 목적어의 상태를 설명하는 형용사 등을 잘 정돈해서 이 시를 편편히 펴면 우리는 익숙한 문장들을 얻게 될 것이다. 그리고 그 문장들은 단정한 정물화를 우리에게 투사할 것이다. 그러나 시에서 그런 패러프레이즈에는 사지선다 말고는 얻을 것이 없다. 구체와 추상, 주체와 대상, 동작과 상태, 정도와 빈도 등이 활달한 구문론적 상상에 의해 등가적으로 교환되는 '사건(event)' 현장에서 우리는 정돈된 정물화 대신 사태를 다각적으로 투사하는 'VR(virtual reality)'을 얻는다. 그리고 그것은 가상의 것이라기보다는 관념적 투사에 의해 가려져 있던 실재 본연의 것, 그리고 바로 그런 의미에서 잠재적(virtual)인 실재라고 말해 볼 수 있는 어떤 것임이 틀림없다.

이처럼 등가성의 원리에 따라 다각적 교환과 전치가 발생하는 문장들을 통해 권주열의 시가 우리의 목전에 펼쳐 놓는 것은 '태어나는 상태의 의미'이다.

　　병원 마당을 지날 때
　　저문 꽃들이 귀처럼 달려 있다

　　문장도 없이 진동하는 고막들
　　　　　　　　　　　　　　　　　—「저문 꽃들」 부분

현실태와 잠재태를 다각적 등가교환에 의해 제시함으로써 권주열의 시가 도달하는 높이는 바로 이미지-사유의 어떤 자재로움과 관계 깊다. 가스통 바슐라르의 말마

따나 시적 이미지란 '태어나는 상태의 의미'라고 한다면 이 시집은 바로 그런 의미들이 귀빠지는 처소들이다. 위에 인용된 것은 그 흔한 예들 중 하나일 뿐이다. 꽃들이 귀와 같다는 일차적 진동과 저문 꽃이 "달려 있다"는 역설의 이차적 산통, 그리고 통상의 말들과는 다른 주파수에 "진동하는 고막들"이라는 비유가 최종적으로 완결 짓는 것은 어떤 명료한 의미의 탄생 과정이다.

> 말 대신 수화를 하는 사람을 본다
> 말이 몸 바깥에 있구나 하는 순간
>
> 컵을 쥔 손을 떨어뜨렸다
>
> 쟁그랑 하는 소리가 눈 속에서 난다
>
> 손이 몸 안으로 떨어진다
> 얼떨결에 손을 잡으려던 말을 놓친다
>
> 무슨 말이 더 남았을까
> 여전히 허공에 쟁반을 받쳐 두고
>
> 구름 밖으로 기다랗게 빠져나가는 비처럼
> 말 밖으로 손이 빠져나가는 중이다

손가락 마디가 사라지는 쪽으로

침묵이 컵을 들어 올린다

—「손의 외출」 전문

    수화를 하는 사람을 보는 일에서 시작된 이 시 역시 일상을 차분한 어조로 묘사한 사실화로 제시하는 대신 일종의 '시적 풍크툼'을 통해 새롭게 보게 한다. 롤랑 바르트가 제시한 개념에서처럼, 가시적 영역에서 우리의 상식과 교양에 준하는 정보로 환원될 수 있는 스투디움과 달리 불현듯 우리의 눈을 찔러 오는 지점이 풍크툼(punctum)이라고 한다면, 비록 시각적 매체에서와 꼭 같지는 않지만, 언어를 통해 구성되는 시각장 안에도 그런 풍크툼이 없다고 말할 수는 없을 것이다. 수화를 하고 있는 이가 있는 어떤 평범한 일상 속에서도 문득 우리의 눈을 찔러 오는 대목들이 있다. 누군가에게는 상식과 교양에 의존한 단순 정보로 감지되는 영역의 어떤 지점이 누군가에게는 풍크툼이 될 수 있다. "말이 몸 바깥에 있구나" 하는 시적 진술이 바로 그 평온을 흔드는 요람이다. 모든 사태는 바로 이로부터 비롯된다. 말과 몸의 내외 관계가 역전된 언어권에서는 예정되지 않은 몸짓 하나하나가 '말실수(slips of tongue)'가 된다. 여기서도 우리는 어떤 교환과 전치를 보게 된다. 컵이 아니라 컵을 쥔 손이 떨어지고 쨍그랑 하는 소리가 귀에 들리는 것이 아니라 눈으로 보인다. 그리고 이런 시적 논리의 전개 속에서 자연스럽게 이해되는 바이지만, 말실수를 수습하려는 노력 역시 몸과 말의 거리 조정에 달려 있다. 바로 그 거리 조정에 '천하대사'가 걸려 있기에, 컵을 놓치면서 흐트러진 말을 몸 곁에 두려는 어떤 절박한 찰나가 교차한다. 따라서 "침묵이 컵을 들어 올린다"라는 것은 바로 이런 교환과 전치에 의해 발생하는 풍크툼을 잘 추스른 이에게는 비유가 아니라 즉물적 진술로 간주된다. 그것이 권주열 시의 힘이다.

나무가 하는 일은 생각보다 단순하다

날마다
드라이버로 허공을 뜯어내고 나무는
그의 키를 조금씩 더 높이 박는다

(중략)

몇 차례 우기와 건기를 견딘 허공은
시멘트 반죽보다 더 단단해진다

수령 수십 년 이상의 나무가
있는 뒷산 숲에 가 보면
허공의 뚜껑을 열지 못한 나무의
허리가 옆으로
휘어지기 시작한다

적확히
한 그루의 허공은
한 그루의 나무만큼 자란다

들쑥날쑥 허공이 피고 있다
　　　　　　　　　—「나무의 키에 대해서」 전문

　이 시 역시 권주열의 이미지-사유가 비유의 차원이 아
니라 즉물적인 방식으로 독자에게 체감됨을 여실히 보
여 준다. 오규원의 후기 시에서 체감되는 즉물성에 비견
될 만한 이런 즉물성은 첫째는, 인접성 위에 유사성이 포
개어짐으로써, 둘째는, 등가성에 기초한 교환과 전치를 통
해, 그리고 셋째는, 이를 통해 구성되는 언어적 시각장에
서 풍크툼을 세공하는 기량에 의해, 궁극적으로는 이를
종합하는 이미지-사유를 통해 다각적으로 부감된다. 나무
의 생장이 허공의 밀도와 강도를 계량하는 척도로 제시되
고 있다는 설명을 부기하는 것조차 번거롭게 만드는 이 즉
물성은 아마도 다음과 같은 태토에 기초해 있을 것이다.

언어에 물기가 번질 때가 있다
슬몃
언어의 행간에 우산을 받쳐 놓는다
　　　　　　　　　—「구름의 옛날 방식」 부분

그러니까, 권주열 시의 언어는 번짐과 잉여를 경계한다. 틀림없이 감성적 깊이를 지닌 작품들이 궁극적으로 머리에 울리는 것은 그 때문이다. 등가교환의 제일원칙은 균형이 아니겠는가? 이 시집에서는 이례적인 양상으로, 교환을 중재하는 이의 뒷모습이 어른거리는 다음과 같은 시 역시 끝내 교환과 균형에 기초하여 언어에 물기가 번지는 것을 방지하고 있다.

텔레비전에서 제비집 요리를 본 적이 있다. 퇴근길에 문득 그 요리가 생각난다. 제비는 참 황당했겠다. 하루의 노동을 끝내고 돌아와 보니 어? 통째로 집이 사라졌다? 거처할 집을 누가 먹어 버렸다? 뿔뿔이 흩어진 새끼들은? 수소문은? 나도 이런저런 집을 먹은 적이 있다. 집은 맛있었다. 집은 달았다. 꿀도 먹고 마침내 꿀벌집도 먹었다. 따지고 보면 내 큰형님도 노름으로 집 한 채 말아먹은 적 있다. 집을 말아먹고 한동안 노숙자로 전전했다고 한다. 지하철역, 신문지 둘둘 감고 누운 걸인, 곧 허물어질 건축, 헝클어진 머리카락 속에서 제비 몇 마리 풀풀 날아오른다.

—「즐거운 요리」 전문

이 시는 권주열의 교환과 전치가 단지 말놀이 차원에 머무는 쇄말적인 것이 아님을 다시 한 번 보여 준다. 다시 말하자면 등가교환에 의해 성립되는 구문론적 전치가 단지 말놀이가 아니라 삶에 대한 사유를 수반한다는 것이다. '집'이라는 명사와 '먹다'라는 동사가 권주열 특유의 교환과 전치를 매개하면서 이 시는 시계(視界) 대신 목소리의 주인공의 뒷모습을 슬쩍 노출시킨다. 그렇지만 그것 역시, 이 시집의 다른 시들에서 그랬던 것처럼 끝내 언어의 또 다른 얼굴일 따름이다. 이런 방식으로 언어는 구속을 월권하고 탕진을 소진한다. 짧은 생에 남는 장사가 하나 있다면 이런 교환일 따름이라고 말하고 있는 것일까?